KB161773

엘리트 시선 25

동백꽃이 필 무렵

김 정 자 시집

엘리트출판사

이 도서의 국립중앙도서관 출판예정도서목록(CIP)은
서지정보유통지원시스템 홈페이지(http://seoji.nl.go.kr)와
국가자료종합목록시스템(http://www.nl.go.kr/kolisnet)에서 이용하실 수
있습니다. (CIP제어번호 : CIP2019008069)

동백꽃이 필 무렵

김 정 자 시집

엘리트출판사

첫 시집을 펴내며

은하수 쏟아지는 밤을 느끼던 어린 시절 글쓰기를 좋아하던 친구와 나누었든 꿈이 있었습니다. 그리곤 잊고 살았습니다.

그사이 사계절 내내 하늘과 땅에서 뿜어오는 빛나는 별처럼 꽃은 피고 자연은 온통 생존의 몸부림으로 차오를 때 깜짝 놀라 이제 내 기억 속의 옹알이를 여백에 채우기로 했습니다.

나이 들어 문인으로 입문한 늦깎이지만 시를 쓰는 일이 곧 사는 일이 된 지금 태양의 뜨거움도 숲의 무성함까지 진귀한 시어(詩語)가 되어 향기 가득한 시인이 되었습니다. 그리고 살아온 지난날의 행복했던 매 순간이 많았던 건 후회하지 않는 심성의 소치였음을 감사하며 건강한 일상은 내 발자국의 별이 되어 빛났습니다.

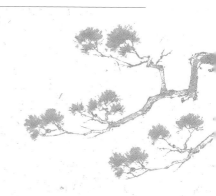

 늦게 시작한 열정은 식을 줄 몰라 나만의 행복함은 아니겠지만 현재의 삶을 있는 그대로 표현하려 합니다. 글쟁이는 기억에 남을 기록을 참하게 바퀴가 돌아가듯이 인생의 변화하는 모습을 쓰며 사는 재미를 이유로 삼고 있습니다.

 이 아름다운 세상으로 초대하시고 지도해 주신 자애하신 장현경 평론가님과 마영임 편집국장님께 감사드리며 서로 정을 같이 나눈 문우 여러분, 나의 사랑하는 가족과 친구들에게 고마움을 전하고 싶습니다. 그리고 떨리는 마음으로 나의 시를 만나실 독자님들에게 항상 웃음꽃이 피는 행복한 나날이 되시기를 기원합니다. 감사합니다.

2019년 2월

청계의 글방에서

소강(韶綱) 김 정 자

100세 시대에

　문학소녀였다는 저희 장모님. 대학에서도 국문학을 전공하셨습니다. 그런데 작고하신 저희 장인어른을 만나서 사랑에 빠지시고, 지금으로는 상상하기 어려운 20대 초반의 나이에 결혼 그리고 곧이어 출산. 그 시대엔 흔히 그렇듯 자신의 꿈 따위는 생각하지 못한 채, 아내 그리고 엄마의 삶을 살아가셨습니다.

　그리고 큰 딸인 제 집사람이 결혼해서 출산하게 되자, 또 맞벌이하는 딸을 돕고자 저희 집에서 살림도 도와주시고 외손주들도 키워 주시고, 그렇게 시간은 물 흐르듯이 지나가고 말았습니다. 제가 보아 온 장모님은 또래의 분들처럼 드라마도 즐겨 보시고, 친구분들과 수다도 잘 떠시는 그런 평범한 모습도 많이 보여주셨지만, 조금 다른 모습은 뭔가를 자주 읽고 뭔가를 자주 쓰신다는 것이었습니다. 때로는 잡지, 때로는 소설 그리고 불경까지. 그 긴 불경을 오랜 기간 동안 필사하시는 걸 보고는 깜짝 놀랐던 적이 생각나네요.

　그러던 어느 날 장모님께서 시 공부를 본격적으로 시작하셨다는 말을 집사람에게 전해 듣고 "좋은 취미활동을 하시는구나." 하고 가볍게(?) 흘려들었습니다. 그런데 정식으로 시를 발표하시고 등단하시게 되었다는 말을 듣고 그 시를 본 순간 상당히 놀라웠습니다. "아, 우리 장모님 정말 대단하시구나." 그리고 여기저기 자랑하고 다녔죠.

그런데 이번에 시집을 출간하시게 되었다는 소식을 듣고 부족하나마 축하의 글을 적어 봅니다. 장모님, 진심으로 축하드립니다. 그리고 존경합니다. 절대 쉽지 않았을 그 시간. 묵묵히 이겨 내시고 이렇게 멋진 시집을 출간하게 되셨네요.

요즘은 100세 시대라고 합니다. 장모님 인생도 아직 많이 남아 있는 거죠. 부디 영혼과 육체 모두 건강하시고 계속 아름답고 멋진 시를 써주세요. 장모님께서 그리 사랑해 주신 제 아들들과 함께 저 또한 오랫동안 장모님의 작품을 감상하고 싶습니다.

우리 멋진 장모님, 파이팅!

– 사위 고광석

감성에 부딪혀오는 서정적 선율을 그려내

사람은 성장합니다. 한 인간의 연대기는 여러 곡선의 조화로움으로 완성됩니다. 우리 엄마 김정자 시인은 늘 밝은 웃음을 지닌 강한 여성입니다. 엄마가 가시는 길의 곡선이 더 유연해지고 단단해지는 것을 느끼며 아름답게 나이 든 지금의 모습에 강한 감동을 느낍니다.

누구에게나 있는 꿈이 엄마에게는 없는 줄 알았습니다. 엄마에게는 '우리'만 있는 줄 알았습니다. 나만 바라보는 아직도 유아기적인 중년의 딸은 엄마의 꿈틀임을 보면서 매우 놀랐습니다. 아마 나는 엄마는 엄마이기만을 바랐던 철없는 자식이었던 것 같습니다. 가슴에 있는 말들이 글로 나오기 시작하면서 엄마는 아름다운 글을 그려내는 작가가 되었습니다.

당신을 응원합니다. 자식이 아닌 독자로. 그 표현의 아름다움과 글이 주는 강한 메시지를 응원합니다. 삶은 찰나와 같아 어느 순간 사라져 버리는 신기루와 같습니다. 어제의 내가 오늘의 내가 아니며 오늘의 내가 내일의 나와 다릅니다. 근원은 하나이나 그 속의 역동적인 변화는 다르기 때문입니다. 그러기에 당신이 매일매일의 소소한 변화를 스스로 느끼며 표현함에 자신을 갖고 즐거움을 느끼는 것입니다. 나는 당신이 가진 무한한 가능성과 잠재력을 세상밖에 꺼낼 용기를 가진 당신의 삶의 태도를 응원하는 것입니다.

이 세상은 아름다움을 노래하기도 모자란 시간입니다. 자신에게 남은 시간을 아는 이는 없습니다. 그러기에 좋은 사람과 좋은 것을 나누는 당신의 표현이 한없이 아름다웠습니다. 감성에 부딪혀 삶을 표현하는 방법도 아름다움을 표현하는 방법도 놀람의 연속이었습니다. 당신의 글은 아름답고 당신의 글은 저에게 감동입니다.

앞으로도 자신을 표현하는 당당한 인생을 걸어가길 희망합니다. 부족함이 많지만, 당신의 모습을 앞 그림으로 삼아 나의 삶도 그렇듯 당당하게 만들어나가겠습니다. 행복은 스스로 만들어 가는 것이며 관계도 스스로 만들어 가는 것이기에 2018년은 아주 의미 있는 한 해가 되었습니다. 오래도록 건강한 육신과 또렷한 정신으로 아름다운 글을 만드는 분으로 독자들의 기억에도 오랫동안 남길 희망합니다.

사랑하는 당신이 무척 자랑스럽습니다. 청계문학회에서 많은 좋은 분들과 오랫동안 글을 나누는 좋은 시간이 영원하기 기원합니다.

– 당신을 사랑하는 딸 김경림

꿈꾸는 시인, 나의 어머님

노년의 즐거움을 찾아 귀농을 꿈꾸기도 하고, 자연을 벗 삼아 여행을 꿈꾸는 이들도 있습니다. 노년을 아름답고 행복하게 보내는 것에 정답은 없는 듯하나 가장 멋진 노년은 내가 하고 싶고 잘하는 것을 찾아 같은 생각을 하는 이들과 즐거움을 함께 나누는 일인 것 같습니다.

며느리로서 어머님이 누군가와 함께 시를 나누고 배우고 쓰신다는 소식을 들었을 때 정말 기뻤습니다. 새로운 꿈을 꾸기 시작하신 어머님의 목소리는 10대로 돌아가신 듯 흥분되었고 설레는 떨림이 느껴지기까지 했습니다. 꿈을 꾼다는 것은 꿈을 이룬 것보다 더 행복한 일입니다.

평소 풍부한 지식과 다양한 재능을 지니신 어머님이십니다. 이러한 어머님의 삶이 평범하게 묻히는 것을 항상 안타까워했던 저는 이번 시집의 출간 소식이 누구보다 기쁘고 자랑스러웠습니다. 오래된 묵은지처럼 익숙하지만, 자꾸 손이 가는 맛있음과 다양한 삶을 경험할 수 있는 시, 커피처럼 달콤함과 쌉싸름한 감정이 담겨있는 소녀 같은 시들을 한 편 한 편 읽어봅니다.

타임머신을 타고 어머님의 인생을 여행하는 것 같은 착각이 들었습니다.

　표현이 없는 인생은 인생이 아니라고 했습니다. 산다는 것은 이렇듯 나를 풍성하게 표현하기도 하고, 뜨겁게 표현하기도 하며, 달콤하게 드러내기도 할 것입니다. 이번 시집의 출간을 진심으로 축하드리고 시를 통해 어머님의 인생을 표현하며 더욱 풍성해지고, 더욱 뜨거운 삶을 사실 수 있도록 항상 응원하겠습니다.

– 며느리 이유미

제1부 동백꽃이 필 무렵

제2부 백두산을 오르다

제3부 상원사의 동종(銅鐘)

제4부 커피를 마시며

제5부 손자와 붕어빵

나의 시

가만있어도
시를 쓰는 일이
사는 일이 되었다

밤새
시 쓰며 행복하던 순간
잠 못 들어 뒤척거렸는데

아침에
불쑥 해가 솟아

가만있어도
사는 일이
시 쓰는 일이 되었다.

제1부

동백꽃이 필 무렵

저 멀리 남녘 외도에
옹기종기 서 있는 동백나무 군락
청정한 바닷바람이
흔들어 버리고
못내 동백꽃은
붉은 울음을 토한다

그리움

지루한 기다림이 가고
싱그러운 봄 햇살에

산수유 노랑꽃이
향기를 품어

슬그머니
먼저 간 얼굴이 떠올라
사는 일을 그려본다

가는 곳을 보아도
가는 곳은 보이지 않고
오는 곳을 찾아도
오는 곳이 보이지 않음에

인생은
흘러가는 것이 아니라
채워져 가는 것이라 했던가!

세월은 산수유 꽃비만큼
아득하게 쌓여만 간다.

라일락이 피면

싱그러운 4월에
피어나는 라일락꽃

스쳐 지나칠 수 없는
코안 가득 향긋한 향기

연보랏빛 사랑 담아
마음마저 달콤한 꽃

기분 좋은 봄소식에
부담 없이 끌어안고

옛 추억 전해주며
차 한 잔 나누었으면….

동백꽃이 필 무렵

마파람이 불고
겨우내 움츠린
동백이 그립다

저 멀리 남녘 외도에
옹기종기 서 있는
동백나무 군락

수평선 너머
달려오는
파도 소리에

청정한 바닷바람이
흔들어 버리고
못내 동백꽃은
붉은 울음을 토한다

백만 송이 동백꽃이
피어오르는 쪽빛 바닷가에
젊은이 솔솔 속삭이며
열리는 봄이여!

뚝섬에서

강물은 유유히 흐르고
버드나무 군락 있던 강가
당신과 꿈이 영글던 지역

반세기가 흔든 작금(昨今)
무수히 흘러간 강물과 빌딩 숲으로
새 천지 유원지가 되었네

새록새록
폭우처럼 쏟아지는 그리움
꾹꾹 눌러
강물에 흘려보내고

산들산들 불어오는
강바람 맞으며
풋풋한 내일을 가득 싣고

추억의 강은
또
유유히 흘러간다
영원히….

계절의 여왕

청파언덕 캠퍼스 뜰에
오월이 찾아오면
장미 '퀸엘리자베스'는
못내 위용을 떨친다

청초한 옥빛 하늘 아래
압도적인 큰 꽃망울로
관객의 시선을
송두리째 응시케 하는 탐스러운 꽃

가시 돋친 연분홍 화사함에
꽃 중의 꽃임을
만방에 알리는 매혹의 향기로움
그대 옆에 기대는 귀여운 여인들!

자신의 아름다움이
자기 안에 있는 것을 그대로 느끼네

저녁노을 지는 밤에도
별빛과 달빛을 맞으며
향기만을 여유롭게 내뿜네.

만남

꽃이 피면
사랑이 흐르고

아카시아 숲속엔
하얀 미소가
아지랑이 되어 흐른다

강물은 그리움 되어 흐르고
기쁨이 되어 주는 이
내 곁에 없어도
행복한 마음 있어

세월은
더 높이 차곡차곡

운명처럼 슬그머니 다가온
소중한 당신이 있어
감사한 마음 실어

지금은 꽃을 따라
사랑은 유유히 흐르고 있네.

매화가 필 때

아침 안개 걷히고
섬진강 휘돌아
매화 가득
매화 마을이 분주하다

청초한 아름다움이
흰빛 푸른빛 붉은빛 노란빛
두루 친구 되어
매화 꽃잔치 열렸네

꽃들은 뽐내어 서로 피고
꽃 빛은 시시각각 눈부셔라

어김없이 화려한 얼굴로
계절을 바꾼 봄의 전령사

은은한 매화 향기에
취해 버린 군중들
마음에 담아 둔 고향을 찾아
사무치게 봄 하늘을 그리워하네.

부용(芙蓉) 묘에 가다

처음 가는 길
그 길가에 들꽃 향기

함초롬히 핀
꽃다지 냉이 제비꽃

실개천 물소리에
봄은 힘을 실어
바삐 지나간다

부용 묘 바라보며
옛 시인의 굽이굽이 지나쳐온
삶의 흔적
어느 한순간마저도

사랑과 절개
시 세계 앞에서 만나니

사랑은
부용처럼 붉고
그리움으로 다가온다.

사월 초파일

빛으로 오신 날
꽉 잡은 손 내미니
천리만리가 광명의 날이로세

고요한 산사에
내리쬐는 빛
빛으로 오신 임 맞으러
오색 연등 걸린 왁자지껄한 거리

수없이 되풀이되는
세월 동안
마음의 안식처 찾는 나그네여!

구름처럼 마음은 변화하고
늙고 죽음에서 벗어나려
원인 찾아 떠나 보니
결국 내가 있기 때문인 것을

처음처럼 무심히 걸어가면
붓다의 자비로움에
마음은 원 없이 넘쳐나네.

상원사에서

춘삼월 끝자락
쏟아지는 눈발

온 산을
하얀 이불로 덮어 주고

마음 찾아 떠난 이들
모든 번뇌 씻어내네

오대산 적멸보궁
장엄한 염불 소리

함박눈으로 가득 채워

탐욕과 어리석음
법신의 은혜로
축복받고
집으로 돌아왔네!

설렘

바람이 분다
오래도록 움직이지 않는
나무 위에

가슴 깊이 꼭꼭 숨어
잊힌 추억의 나무 위에

예쁜 종다리 사뿐히 앉아
지지배배
신호했건만
듣는 이 없고 아무도 보이지 않네

다시 바람이 불어
종다리는 실려 오고
지지배배
봄처녀 되어
내게로 와 주었네.

아카시아꽃

앞산 가득 숲속을
온통 뒤집어 놓은 화사한 꽃

오월이면 언제
어디서나 달콤한 사랑 찾는
구슬 같은 꽃망울

산을 점령한 봄바람이
꽃망울 터트리고
천지에 진한 향기를 내뿜는다

꿀이 담긴 매혹적인 사랑
그대는 어김없는 사랑의 마술사

하얀 드레스 입은 여인 되어
당신에게 살며시 닿길 바라
시린 가슴을 흠뻑 적셔준 아카시아꽃

가슴 터질 듯 고스란히
옛 추억을 감싸 안은
그대는 내 사랑!

입춘(立春)

봄소식을 전하는
일 년의 시작

언 땅을 녹이고
희망차게 기분 좋은 날

만복이 흘러내려
부모, 자손에게로

만사형통(萬事亨通)은
끊임없이 우리 가슴 속에

감사한 마음에 행복 가득
입춘대길(立春大吉), 건양다경(建陽多慶).

제2부

백두산을 오르다

천지의 바람은
얼굴을 스쳐 맑은 물빛에 가라앉고
마주 보이는 백두산 상상봉(上上峰) 장군봉
2749m 백두대간을 흘러
한라산 백록담으로
통일되는 그날에 태극기 휘날리고 싶어라.

순간을 기다리며

동이 트면 시작되는 바다 위
수평선 너머
파도가 밀려오는 시간을
기다리는 서퍼들

바다의 사나이는
파도랑 놀고
파도랑 연애하며
파도칠 때 서핑한다

흐린 날도 비 오는 날도
파도만 있으면
즐거운 욜로(YOLO) 인생

서퍼들은 좋은 파도를 위해
99%의 기다림과
1%의 완벽한 순간을!

아쉬움

찌는 듯한 더위를
가슴에 품고
푸른 바다 옆을 지난다

차창 너머 보이는
수평선은 잔잔하게 펼쳐져 있고
빽빽한 송림을 지나는 나그네는
시선을 멈출 수가 없네

와, 바다다!
한마디 비명을 지르지 못한다

촘촘히 늘어선 송림 사이로
땅에도
바다에도
온통 더위만 난무할 뿐

청빛 바다 가운데로
띄워 보낸 상념(想念) 하나
마음은 그곳에 멈추게 되네

가슴속을 파고드는
아쉬움에
흐르는 시간을 붙잡은 채

어김없이 옛날을 부르노라
눈물겹도록….

파로호 농장

한반도섬이 자리한
삼천리금수강산 중앙 양구에
꽃들이 무수히 피어난다

이슬 먹은 잎사귀가
영롱한 빛을 발할 때
"파로호 문학촌"에
초록 들판이 환하게 펼쳐지고

이화에 찾아온 귀한 손님
한가득 채워
벌 나비 꿀을 찾으면
질서정연하던 나무마다
각양각색의 꽃들이 만발하고

문학촌 마당에 널려있는
쑥 민들레 두릅 개망초
싱그러운 봄나물이
각자의 모습을 뽐내네!

쳐다보기도 아까운

새싹들의 향연이
순수한 꿈 되어
산뜻하게 영글어 가네!

여수 밤바다

동백나무 우거진
오동도 등대에 불이 켜지면
여수 밤바다의 축제는 시작된다

사방으로 탁 트인 바다 위를
쉼 없이 오고 가는 케이블카
오색의 불빛이 작열하는
아름다운 형형색색 오케스트라

바람은 고요히 잠들고
갑판 위의 관광객
어른 아이 할 것 없이
환호하며 즐긴다

배 안에 있는 라이브 카페에선
흘러간 발라드가 흐르고
관광객의 시선이 멈춘 공간엔
같이 손뼉 치며 노래 부른다

이 순간만은
구김살 없는 화합의 합창일 테지.

어머니

자연에서 피어나는
클로버 잎사귀의
꽃을 아름 따다가

손가락 약지엔 꽃반지
팔목엔 꽃시계
머리엔 꽃 월계관 만들어
사랑을 듬뿍 주신 어머니

햇볕처럼 따스하던
아름다운 순수의 여인이여!

태곳적 어느 세월 속에
또 몇 겁을 지나야
그 임의 탯줄이 될까?

눈 녹듯 사르르
나 또한 남의 어머니 되어
춤추는 새들과
꽃들의 노래가 되고

땅속의 생명이
숨죽이고 있다가 용틀임하듯이
굽이굽이 이어진 채
깔끔한 꽃길만 걸어
포근히 안아주고 싶다.

젊은 여름

바야흐로
초록이 흐드러지니

자연스레
머뭇머뭇 서성이던
봄은

여름을 맞으며
쏟아지는 햇살 앞에
설레며 떠나네

알싸한 밤꽃 향기
온산을 진하게 덮어 놓고
새들도 속삭거리니

바람마저 여름을 품고
머무름 없이
박차고 지나가네

내일모레면 하지(夏至)가 된다고.

천안 삼거리

봄바람 불어온 날
고즈넉한
천안 삼거리 공원

능수버들
길게 늘어진 가지마다
연둣빛 머릿결 바람에 흩날려
지나는 나그네
발걸음을 멈추게 하네

애틋한 옛사랑 이야기
전설이 되어
만져보고
향기도 맡아보고
머리에 꽂아도 보네

세월이 흘러도
세세연년 피고 지며
축제의 장을 여는 능수버들
묵묵히 그 자리를 지켜오네.

천일기도 회향(回向)하며

살랑거리며
지나가는 바람 속으로
마음의 문 열고
짐이 된 용서를 기도한다

천일 동안
꺼둘리지 않는 과거의 인연을
진정으로 떨치는 환희로움

가슴 뭉클
사무치는 사랑의 굴레
눈물로 깨끗이 씻어내고

버리지 못한 마음
소중한 가르침으로
지혜의 길에 포근히 안긴다.

봄 길을 앞세워
지금 이 순간을
기지개를 켜고 돌아보니
마음은 두둥실

여여하게 감미롭다

다시 한번 삶의 끝을
봄 향기에 실어
본성의 자리로
돌아가네.

템플스테이를 마치며

하늘엔 양떼구름 떠 있고
숲속 잣나무 그늘에
다소곳이 앉아

떠나지 않는 미소 띠며
좌선 삼매에 몰입한다

시나브로
바람은 힘을 돋우고
텅 빈 마음을 염(念)할 때

한 쌍의 예쁜 관음조
내 어깨를 '탁' 치고
솔바람 따라
어디론가 날아가네

크고 밝음의 충만한 지혜는
찰랑찰랑 넘치고
삼보일배하는 마음
알알이 열매 되어 가네.

호박잎

넝쿨 진 줄기 따라 활짝 핀 호박꽃
벌 나비 찾아와 크나큰 호박꽃 속에 앉아
샛노란 꽃술을 머금고 날아간다

부드러운 호박잎 따다가
밥 위에 쪄서
강된장에 쌈 싸 먹고
호박은 새우젓 넣어 새파랗게 볶는다

호박잎은 박박 문질러 푸른 물을 빼내고
감자 뚝뚝 삐져 넣고
멸치육수에 된장 풀어
맨 나중에 들깻가루 듬뿍 넣어 끓인
엄마의 맛, 호박잎 국.

백두산을 오르다

아름다운 세상
우리나라 최고봉 백두산
한민족의 혼이 담긴 영산(靈山)
백두산 높은 곳에 천지(天池)의 얼굴이 열린다

8월의 맑고 푸른 하늘
3대(代)가 덕을 쌓아야 볼 수 있다는
천지의 신비스러운 영롱한 물빛과
천지를 에워싼 바위와 돌은
한민족의 강인함을 더 해주고 자리를 지킨다

하늘로 이어질 듯 고산지역 야생화는 한들거리고
서파코스 1200개의 계단을 오르니
북한과 중국의 국경지대 37호 경계비가
우뚝 서 있어 보는 이의 마음을 저리게 한다

천지의 바람은
얼굴을 스쳐 맑은 물빛에 가라앉고
마주 보이는 백두산 상상봉(上上峰) 장군봉 2749m
백두대간을 흘러 한라산 백록담으로
통일되는 그날에 태극기 휘날리고 싶어라.

불볕더위

대륙에서 건너온 황사와 미세먼지
사람의 호흡기를 강타하고
환경은 사정없이
위험한 수렁으로 추락하더니

40도를 넘나드는 여름 폭염은
도무지 식을 줄 모르고
국가재난 시대로 인식된 작금
세계적으로 폭염은 더욱 심해

몹시도 더웠던 한낮
엄마를 기다리며 지쳐 울던 아기
매미의 처절한 울음도

어디선가 살금살금
다가오는 가을 내음
더위에 지친 육신을 일깨워
정갈한 향기 되어 바람에 실려 오네.

바닷가에서

그해 여름 바닷가
별빛 쏟아지는 모래펄에

두 팔 벌려 파도 소리와
빛나던 별빛을 한 아름 안고

뜨거운 햇빛에 달궈진 모래탑
사우나실보다 더 따끈해
지친 심신을 싹 녹여본다

철썩거리는 바다의 파도 소리
단잠을 깨우고
'바닷가에서'라는 유행가 부른다

그 틈새 속삭이며 다가온 파도
발등을 간지럽히곤
잽싸게 멀리 달아난다

촉촉한 발등의 느낌
바다 냄새 마구 풍기면서….

태풍

허공에 떠 있던
하늘빛이 어둠으로 가득하니
먼바다에서 시작한
태풍의 눈이 깊이 새겨져

심연에 쌓인 혼돈으로
허리케인 되어
비바람으로 세상을 흔든다

마음의 태풍마저 소용돌이치고
인간은 홀로 살 수 없는
현실 세계를 위태롭고
영혼을 일깨우는
청빛 바다로 향한다

철썩이는 파도만이
마음의 평정을 위해 겸손함으로
바다에 포근히 안긴다.

만추

구름 따라가는 인연
만남의 행복이라면

나뭇잎 떨어져야
새 생명이 태어나듯

국화꽃 한 다발
가슴에 품고
가는 가을을 붙잡는다

온통
가을 산이
파도처럼
계절을 바꾸고 있네.

단풍 가을 길

산이 불타고 있다
붉은 잎사귀들의 전쟁

계곡은 몸살을 앓고
떨어진 잎사귀의 붉은 물로

산을 찾아온
낯선 흔적의 발자국들

한 해가 지나는 않는 소리
흰옷 갈아입을 채비 하며
분주하다

붉은 전쟁의 화려한 날은
곱게 물든 해거름 속에
잠재워 떠나고 있네.

허브나라 농원

메밀꽃 핀 울타리에
걸터앉아
하얀 눈송이를 느낀다

로즈메리 향내가
바람에 일렁일 때마다
코를 찌르며 향기롭고

라벤더 보랏빛 고운 꽃
사람의 머릿속을
시냇물처럼 맑히더니

여름 숲의 무성함이
높고 푸른 하늘 아래
잎들은 시들어
뒹굴기 시작하네.

제3부

상원사의 동종(銅鐘)

천 년을 넘게 울려온 종소리
여전히 청아하게 산천을 진동하고
옛날 조선 세조 임금의 넋이
우아한 종에 서리어
세월은 끊임없이 쌓여만 가네

살아가며

겸허한 마음으로
나를 낮추고
밝게 지낸다

용서하는 마음으로 슬픔을 꾹 참고
기쁘게 살아간다

고마워하는 마음으로
사람과 대화를 나누면서
좋은 일을 기다린다

사랑하는 마음으로
가족과 벗을 대하면
멋진 행복의 시간이 온다

지난날을 돌이켜서 그리며
오늘보다 내일이
분명 더 좋아지리라 기대한다.

상원사의 동종(銅鐘)

은은한 새벽 종소리
천지 만물이 눈을 뜨고
고풍스러운 산사의 아침이 열린다

국보로 지정된 최초의 종
동종에 새겨진
주악비천상과 천녀상이
마주 보며 하늘로 뻗쳐있고
들리는 듯 하모니 연주곡이 울려 비상한다

천 년을 넘게 울려온 종소리
여전히 청아하게 산천을 진동하고
옛날 조선 세조 임금의 넋이
우아한 종에 서리어
세월은 끊임없이 쌓여만 가네

후손들의 동경심은
역사를 증명하고 전설이 되어
또 다시
천 년을 향해 영원히 울리리라.

봉선화

어머니와 가꾼 꽃밭에
맨드라미 봉선화 채송화
꽃밭 가득 어여쁘게 피었네

봉선화 꽃잎 따다가
백반, 소금 넣어
쿡쿡 찧어 손톱에 얹어
아주까리 잎으로 싸고
하얀 실로 챙챙 묶어

하룻밤 지나 아침이면
빨갛게 물이 든
열 손가락 예쁜 손톱

크리스마스 올 때까지 물든 손톱에
봉선화 꽃물이 지속하면
행운이 온다고 손톱을 아껴 깎던
어릴 적 시절이 그립다

요사이 네일아트 숍이 유행처럼

우후죽순 들어서고
발톱까지 예쁘게 채색되지만
어머니 정성스레 묶어주시던 정은
오래도록 가슴을 맴돈다.

서울 가는 길

새벽 별 내려와
우리 엄마
가슴을 품을 때

하얀 찹쌀밥과 시원한 콩나물국
김으로 한 상 차려놓고
서울로 시험 치러 가는 딸
힘들고 고통스럽던 입시 지옥

우리 엄마 정화수 떠 놓고
두 손 모아 기도하신 그 정성에

합격이란 커다란 기쁨 있어
엄마랑 신나게 서울로 이사하던 날

가슴 뭉클
선명한 기억을 잊지 못하네
그리운 나의 어머니.

시어머니

한 남자의 어머니
당신의 아들을
사랑한 아름다운 인연으로

낯설지 않은 내 어머니가 되어
자꾸만 생각나는 친정어머니

그 남자를 좋아하는 나
나를 사랑하는 한 남자를
내게 주신 시어머니

태초부터 정해진 세월 속에
필연 되어
손자의 재롱 앞에
웃음 지으시던 자애한 모습

날마다 두 손 가득
아들 좋아하는 복요리 재료 챙겨
시원하게 요리하시던 분

어머니가 희생한 세월이 묻어나고
기억 저편에
자꾸만 생각나는 그리움
물 흐르듯 내 가슴 스미는 슬픔
그리운 기억 속에 내 어머니.

약속

내가 자라고 꿈을
키워온 곳
덕유산 아래
정기를 이어받은
경상남도 거창

요사이
교육특구로 널리 알려진
명문 거창 고등학교가 있다

그런 학구적인 아름다움의 고장인
그곳에서
공부한 나는 자랑스럽다.

친정 나들이

서울행 그레이하운드 고속버스
두 아이 손 잡고
유일하게 화장실이 있던 버스 타고
화려한 외출 친정집으로 향한다

대문 밖에서 맨발로 나와 반겨주시던 우리 엄마
어린 나이에 혼자 아이 둘 키운다고
무척이나 안타까워하시는 모정

두 아이 친정집에 맡겨놓고
명동으로 음악 감상실, 극장으로
마구 다니던 젊은 시절의 딸

휴가 끝나 남편은 가족 데리러 오고
서울역 플랫폼엔
남편 따라 떠나는 딸에게
"잘 가거라, 무식하게 아이들
나무라지 말고 예쁘게 잘 키우거라"
하시며 떨리는 목소리의 우리 엄마

끝내 친정엄마는 눈물이 가려 울컥했지만
신랑 따라 떠나는 딸
생긋이 웃고 가던 모습이
너무도 섭섭하셨다던 말씀

난 마냥 좋기만 하여 보이지 않았네
그날 친정엄마의 눈물이!

불두화

이 세상 빛이
땅끝에 닿아
절 마당에 피어나는 불두화

봉울봉울 탐스럽게 피는 하얀 꽃
무리 지어 피는 복덩이

흔히 사찰 경내에
관상용으로 불두화를 심으면
잎의 끝부분이 세 갈래로 나뉘어
불·법·승 삼보를 상징한다

제행무상(諸行無常)
미래의 기쁨
꽃말이 더욱 고급스러운
백당나무 꽃이라네.

지하철 풍경

우리나라 수도 서울
온통 지하철로 환승 되는
지하궁전의 교통수단 경이롭다

땅 깊숙이 레일 위를 질주하는
지하철 안 풍경
검고 흰옷 우중충한 옷매무새
가다듬을 틈도 없이 빽빽하다

손에 들려있는 스마트폰에 밀려
책 읽는 독자 없어지고

높은 하이힐 아가씨의 짧은 바지
다리 꼬고 앉은 아저씨
뻘쭘히 다리 벌린 중년 아줌마
운동화 신고 혐오감 주는 등산객의 스틱!

시끌벅적 어두운 표정이 난무하고
종착역 안내방송 나오니
귀갓길의 환한 미소 행복을 꿈꾸네.

청수사(淸水寺)

옛 도시 교토의 문화재
청수사 경내에
수많은 관광객이 참배하려 몰려든다

계절을 막론하고
참배인 이면 반드시 찾는
세계문화유산의 청수사

천수천안관세음보살님을 주불로 모신
서쪽 지방 유수의 관음 성지
예부터 잘 알려진 부처님 도량
문학작품에도 자주 등장하는 저명사원

청수사 일주문 들어서니
돌탑이 아닌 목조 사리탑의 위용
사리탑 층층이 주황색으로
참배객의 시선을 압도한다

음우산 절벽 폭포에서 내리는
건강한 물줄기

장수하는 물줄기
학문 성취하는 물줄기
세 갈래의 물을 받으러
신도와 관광객이 줄지어 서 있는 모습

누구에게나 기도하는 마음은
국경마저 허물어버리는 진실이
모두 한마음 되어
한 모금씩 마시며
마음의 묵은 때를 씻어내고 돌아선다

관세음보살님!
모든 재앙과 세상의 어두운 빛을
환히 밝혀 주소서!

옛날에

돌이켜 보면
어린 시절이 그립다

전쟁이 쓸고 간
가슴 아픈 흔적은 남고

폭격받아 무너진 교실 건물
땅바닥에 가마니 깔고
공부하던 아련한 시절

사금파리 동그랗게 다듬어
밥그릇 만들고
고운 흙으로 밥 짓고
풀잎 뜯어 반찬 차려

너는 아빠
나는 엄마
다투어 서로 하고싶은 욕심
어서 연륜이 쌓여
얼른 어른이 되고 싶었다

나이 드는 것을 즐기면서 산 세상
그때의 추억은
인생의 보물이 되고
다시 못 만나 볼
잃어버린 세월은
아름다운 시와 친구 되어 살아간다.

시인의 삶

똑똑 똑
나는 시 배달부
당신은 시인

주저앉아 있던
나를 닮은 꽃, 시
풍경을 담아내고

비에 젖은 시 한 편
요동치는 가슴에 보내놓고
당신의 하루에
담을 수 없는 마음을 가득 채운다

시를 배달하는 나
흐뭇한 세월과
반비례하는 행복에

당신의 하루를
평화롭게 지내네.

도게츠교(渡月橋)

달이 다리를 건넌다는
아름다운
목조로 된 교량 154m

사계절의 변화 뚜렷해
달빛도 빛나는
도월교는 아리시야마의 상징이다

수 없이 드나드는 관광객의
홍수 속에 다리는 몸살을 앓고
사진 한 장에 즐겁다

포근한 산야에 어울리는
강물 위에 목조 다리
시원하게 춤추는 강물의 수심 속

바쁜 군중의 여백은
바람이 이는데도
시샘할 줄 몰라
자기의 세계로 돌아가네.

치쿠린 대나무숲

늦여름 천년의 고도(古都)
아라시야마의 관광명소
치쿠린 대나무숲은
헤이안(平安) 시대에
귀족들의 별장이었다

인위적으로 형성된
수풀로 우거진 거리를
인력거를 타고 유람한다
처음 타 보는 인력거의 매력
가슴이 두근두근

그 시대의 귀족이나 된 듯
즐거움은 잠시
비 오듯 땀 흘리며 이끄는
한 사람의 노력에
마음이 아려와 편치 않네

후에는 나의 두 다리로
산책하며 걸어가리라.

생일날

무술년 황금 개띠 해
청계문학 강의실에서
조촐한 생일 파티 펼치니

머리 희끗희끗한 개띠 생 주인공
가슴 설레 어쩔 줄 모르네

스승님도 함께
문우들도 함께
식순에 맞추어 진행된 모임
벅찬 감동의 눈물이 핑그르르

케이크 자르고 폭죽도 터트리니
선물 가득
우리나라 대표 국어사전까지

이 소중한 날의 축복
사랑과 기쁨 되어
세월 가도 잊을 수 없는
감사함으로 다시 태어난다.

네 잎 클로버

가을을 재촉하는 길가에
새순(筍)이 돋아난 새 얼굴
클로버 군락이 무성하게
푸름을 자랑하며 나풀거린다

우연히 눈에 띄었던
네 잎 클로버
쌍쌍이 줄지어 모여있네

두 손으로 소중하게 따다가
두꺼운 책갈피에 넣으니 뿌듯하다

봄 햇빛 따사로운 봄날도 아닌
가을 햇볕 불타는 이 가을날에
무슨 큰 행운이 올 것만 같네

그 행운
갈색 기억 속의 포근한 그대 아닐까?
소중히 숨겨둔 네 잎 클로버 꺼내어
가을에 흠뻑 젖은 그런 사랑 만나고 싶네.

제4부

커피를 마시며

은은한 커피 향은
스쳐 간 세월의 향기
달콤한 커피 향은
설레는 첫사랑 향기
쌉쌀한 커피 향은
아련한 추억의 향기

정류장 풍경

날이면 날마다
기다리는 마음이 모여
서성대는 정류장

순번 따라 늘어선 줄 사이로
행할 일들 챙기며
한둘 떠나가고
버스에서 내리는
다양한 발걸음

정확한 시간에 맞춰
손을 잡고 미소 지으며
다가오는 다정한 연인도

전광판 글씨에
모이는 시선
바쁜 일상

기다림은 드디어
사랑의 꽃으로 핀다.

한강

한강에 어둠이 내리면
강변북로 불빛은
꽃밭으로 마냥 물든다

뛰어들 듯이 질주하는
생명의 몸부림
강물은 고요하기만 할 뿐
객(客)의 시선을 멈추게 한다

육신의 무수한 번뇌
침묵으로 삼켜버리고
어둠 속으로 사라진 지역

강물에 떠밀려온
숱한 욕망의 기다림이
그리움 되어 잔잔히 흐르고

한강은 여유로운 몸짓으로
찬란한 빛 되어
어둠을 왈칵 삼켜 버린다.

할배의 사랑

할배가 장에 갔다 오시면
손녀한테 주머니 가득
눈깔사탕
한 봉지 던져주시던 모습

한 손엔
새끼줄에 매달린 자반고등어 한 손
장에서 사 오신 동동구루무 한 통
며느리인 어머니에게 선물하신다

저녁 밥상에 오른 생선과 김
손녀에게
쌀밥 고기반찬 김에 싸서
물과 함께 주시던 할배

그 깊은 사랑
그때는 도무지 몰랐네
할배가 주신 눈깔사탕의 사랑을!

커피를 마시며

은은한 커피 향은
스쳐 간 세월의 향기

달콤한 커피 향은
설레는 첫사랑 향기

쌉쌀한 커피 향은
아련한 추억의 향기

머그잔 가득히
세월을 낚는다.

허수아비의 하루

국토 정중앙 양구
한번 다녀가면
'10년이 젊어진다'는 청춘 양구
싱그러운 곳

울창한 사명산 바라보며
"파로호 문학촌" 아래
동네 어귀에
어설프게 서 있는 허수아비 삼부자

흰옷 입은 아빠 허수아비
두 팔 뻗은 형 허수아비
경찰모 쓴 막내 허수아비
정겹게 모두 모여 있네

초여름 풀냄새 같은
고혹적인 자태는 아니지만
참새 떼 쫓으려
종일토록 우두커니 서 있네

구름에 가린 달 보며
외로움이 그리움을 만들어도
꾹꾹
참는 허수아비의 하루

밤이슬 맞으며
아침이슬 질 때까지 견디어 온
허수아비의 소소한 행복
지나는 나그네의 행복도
오롯이 젖어드네.

저녁노을

서쪽 하늘 하얀 구름
빨갛게 물들어가는 하늘 가
둥실둥실 떠다니는 구름 잡아
하늘 가까이 붉은빛이 쏟아진다

올림픽대교 건너며
얼핏 바라본 강물 위에
보기 드문 평화로운 풍경이 펼쳐져
지나는 이의 시선을 멈추게 하고

온종일 뜨겁던 태양
멋진 저녁노을 선사하며
기분 좋은 허공을 가득 채워
빨갛게 익어가네

해는 서산으로 넘어가고
어둠의 그림자는
강물 위에 유연히 흐르며
붉은 구름 되어 허공을 맴돈다.

코스모스

가을 하늘 높게 뜬
흰 구름 사이로
햇살 비추는 신작로 따라
코스모스 상큼하게 피었네

수줍은 처녀의 첫사랑처럼
청초하며 맑은 자태
방실방실 웃는 반가운 꽃

무심히 지나칠 수 없는 그리움
꽃 속에 꼭꼭 숨어
사랑을 채워 둔
수수한 차림새의 여인

가을 길손 닿지 않는
순수한 코스모스
가녀린 어깨가 춤추며 다가오네.

석류

울타리 한쪽에 서 있는 석류나무
석류란 생각에
침샘 자극하는 향내가 그립다

주렁주렁 주황색 꽃
물밀 듯이 피고 지면
알알이 익어가는 석류의 계절이 열리고

서구에서 수입된 달콤한 맛
우리나라 토종 석류의 새콤한 맛
웰빙 과일로 주목받아
귀한 다이어트 과일로 변모한
에스트로겐 함유된 영양소 덩어리

석류는 몸속의 빈 곳을 채워
태고의 신비를 안고
새콤달콤 변함없는 사랑 속에
알알이 영글어 가을을 재촉하네.

달밤

하늘이 대지를 향해
명령이라도 하듯
대지에 피어있는 달맞이꽃

환한 밤 오기를
얼마나 하늘 향해 꿈꾸고 있었는가
쓸쓸하게 피어 외로운 밤

초록 들판에는
노란 네 꽃잎 펼쳐져
하늘 보며 꿈꾸며 기다린다

별이 총총한 밤에도
어둠을 삼킨 채 꿈꾸던 날

하늘 향한 내 영혼을
웃음 가득 머금고
입맞춤하며
높이 하늘로 날아만 가네.

고속버스터미널

전국으로 연결된 일일생활권
고속버스터미널에 가을이 온다

서늘한 바람이 불고
차표 한 장 받아 들고
갈길 묻는 나그네 되어

우유와 김밥 하나
달랑 사 들고 이정표를 본다
가을 향기 찾아 떠난 들녘엔
이미 가을은 풍경화 되어 너울대고

두 눈 속에 감춰진 그리움은
가을바람 타고
마음의 목소리로 남아 흐른다

뜨거웠던 무더위 쫓아낸
시원한 바람
하늘을 나는 잠자리 따라
훨훨 떠나고 있네.

이렇게 좋은 날

비 온 뒤 찾아온
가을 하늘

하늘은 더 파랗고
햇빛은 더군다나 반짝이고

바람은 솔솔
기분 좋은 하루

가을 향기
폴폴 나는 9월.

귀뚜라미

여름내 우렁차게
울부짖던 매미
아스라이 떠나니

정원 속 풀밭에
귀뚤귀뚤
정겨운 귀뚜라미 울음
귓가를 간지럽힌다

자연스레
가을빛 전해오고
귀 기울여 귀뚜라미 소리 듣는다

못내
가슴 뭉클한 그리움
가을 손님 되어

낯익은 고향 초가집
부엌
어머니가 떠오르네!

첫 단풍

가을 햇살 듬뿍 머금어
곱게 물드는 산길

내 발등에 떨어진
노란 단풍잎 하나

여름 햇볕 이겨내
처음 내게로 온 귀한 손님

노란 단풍잎
고이 주워
책갈피에 끼워 놓고

고운 임께
고운 단풍잎 보내고자

가을 하늘 높아
빨갛게 물든 단풍
빨간 잎 찾아
온 산을 헤매고 있네.

등대

세찬 비바람 맞으며
바다를 지키는 하얀 등대
파도 넘어
우뚝 솟아 있네

누군가 떠나간 그 자리에
돌아오기 위한 행운의 길잡이

하늘 향한 울분을
피 토하며 지켜내는
단단한 등대

어느 때나 항구의 등불은
반짝이며 빛나 있고
귀국선 기다리는
가족의 사랑이 넘쳐
등대는 외롭지 않네.

문학기행

가을이 환히 뚫린 길
달리는 철마 속 문예 강의실 열려
문학 강의 감명 깊고

시 낭송의 고요한 낭만 흘러
추억의 동요 부르니 감미롭다
김동명 문학관 찾아가
출판기념회 펼치는 청계문학

문학관 가득히 자리는 넘쳐나고
훌륭한 작가님들 앞에서
'내 마음', '파초'
시 낭송 읊고

사투리 나올까 조마조마
또박또박 표준어로 낭송해야 하는 부담감

설레고 떨리는 마음 추스르고 달래
단상에 올라 힘차게 낭송하니
가을 길 온 하루가 뿌듯해지네.

가을 길

산이 불타고 있다
붉은 이파리들의 전쟁

계곡은 몸살을 앓는다
떨어진 잎사귀의 붉은 물

산을 찾아온
붉은 흔적의 발걸음

한 해가 지나가는 신호 소리
흰옷 갈아입을 채비 하며

붉은 전쟁의 화려한 날은
곱게 물든 해거름 속에 잠자네.

제5부

손자와 붕어빵

할머니를 좋아해
줄지어 기다려 사 오는
귀염둥이 손자의 할머니 사랑
두 손에 받아 든 할머니
억만금을 주어도 못 바꿀 사랑
할머니와 손자는 행복에 젖어 있네.

정월 대보름

포근한 실바람이
내 볼을 스치는 아침
정월이라 대보름날!

오곡밥과 9가지 나물
부럼을 깨고
더위를 팔던 미풍양속(美風良俗)

바쁜 세상
4차 산업시대라고
사치스러운 추억이 되었네

이웃 사찰에 들어서니
보름 담긴 정겨운 음식
맛있는 공양 받고
나누는 정성 마음에 새기며

저녁을 맞으니
두둥실
하늘에 떠 있는 보름달

달빛 가득
행복 가득
마음 모아 기도하니

보름달이 가득 차듯
온 우주
광명천지 되었네.

첫사랑

눈송이를 타고
겨울에 태어난 아기
살림 밑천 첫 딸

매서운 칼바람 헤쳐
이 넓은 세상
내게로 다가온 어여쁜 꽃

방글방글 웃음 짓는 모습
온몸이 살포시 녹는다
시린 겨울의 차가움마저
산호보다 더 반짝이는 귀한 보석을

넓고 할 일 많은
이 세상
빛나는 사람이 되어
세상을 환하게 밝히는
뜨거운 등불이기를

12월에 태어난 아기
예쁜 첫 딸.

함박눈

눈이 내리네
펑펑
눈이 부시게

추억이 쏟아지네
소복소복 쌓이네

뽀드득뽀드득
발걸음 소리를 듣는다

어릴 적 추억이
사무치게 그리워
하얀 옷 입고 찾아오네

애틋한 마음
송이송이
그리움으로 쌓이네!

환희(歡喜)

해님처럼 따스한
사랑스러운 그대
봄처녀 설레는 마음

바다처럼 시원한
가슴 넓은 그대
여름 물결 넘실대는 마음

단풍처럼 알록달록한
감미로운 그대
가을 곱게 물든 내 마음

눈처럼 청아한
푸근한 그대
겨울밤 꿈에 머무네.

오일장

닷새마다 열리는 시골 장터
자유분방한 만물상의 축제장
새벽부터 삼삼오오 모여드는
아낙네 치맛자락의 무거운 짐

고소한 참기름, 들기름 짜고
미숫가루 고춧가루 빻아
가족의 유기농 먹거리 챙기고
쌓인 회포 푸는 삶의 쉼터

어린아이 손 잡고 기웃기웃
장터 국밥, 장터 국수로
허기진 배 채우는 재미
주인 할머니의 푸짐한 손맛에
묵밥은 더욱 맛나네

메마른 도시의 화려함보다
장터의 구수함은
옛정이 맛깔스레 넘쳐
돌아서면 기다려지는
오일장의 하루.

첫 손녀

손녀가 태어났을 때
엄동설한이 지난
이른 봄 아침

김해 김씨 집안에
귀한 복이 들어왔다

예쁜 첫 손녀딸!
당신 핏줄이라고
갓 태어난 아기 보며, 첫말

'어떤 누구보다도 예쁘게 자랄 거야!' 라고
며느리에게 축하해준 시아버지의 욕망

기대하고 사랑한 마음이 자라
그 아기는
세상을 밝히려고
건강하게 잘 자랐네!

모과차를 만들며

모과나무에 껍딱지처럼
딱 달라붙은 모과 열매
한바탕 바람이 불어
땅바닥에 떨어져 뒹군다

차마 지나칠 수 없어
한둘 주워 향기부터 맡는다
밉살스럽게 울퉁불퉁 생긴 모과
짙은 향기는 '샤넬' 향수

납작하게 저미고 채도 썰어
아카시아 꿀에 푹 재워 놓는다
금방이라도 차가운 겨울 올 테니
향기 뿜는 모과차 한 잔에 띄운 잣

심신은 차분하게 달콤한 찻잔에
도란도란 모여
문우들의 정을 그려 미소 짓는다.

추억의 맛

동글동글
동전처럼 생긴
고소한 맛의 결정체
고구마 맛 과자

어린시절 먹었던
그때의 맛 그대로
아삭아삭 소리내어
먹어 보며 장난친다

푸석푸석 치즈 냄새 풍기는
영양식 비스킷에
뒤처진 고구마 맛 과자

한 봉지 풀어놓고
쉼 없이 먹어도 질리지 않는다

옛 추억 생각나는
소박한 과자 맛
지난 세월을 되새겨 보게 하네.

산들바람

일시적 바람의 위력이
더위를 잠재워
살갗으로 느껴지는 시원함

산들산들 창밖에 부는 바람이
에어컨, 선풍기 바람을
여지없이 무너뜨리고 만다

책장을 넘기는 수험생
억지로 잠을 청하던 어른
칭얼대며 잠투정하는 아기
새벽 공기 산뜻하여
평안히 깊은 잠을 청하네

자연에서 스며오는
청정한 바람의 고마움으로
새삼 웃음 지으며
모두 행복한 밤을 취하고 잠드네.

유실(遺失)

시작 없는 예부터
별같이 반짝이는
마음의 꽃밭

오는 세월 받아 내고
가는 세월 막을 수 없네

청춘은 강물 흐르듯
세월 따라 흘러가 버리고
삶은 연극을 하는 듯
마음 따라 시간이 흘러가네

마음은 인연 따라
모든 것을 담고 만들지만

황혼이 구름 흐르듯
사방천지로 흘러
본 마음자리 찾아
소리 없이 떠나가네.

첫눈 오는 날

밤새 첫눈이 펄펄
온 세상을
하얗게 덮어버려
다니는 길이 없어졌네

뽀드득뽀드득
발도 자꾸 눈 속으로 빠져
발자국을 만들며 걸어간다

눈 옷을 입은 나무를
막대기로 톡톡 치니
후드득
내 머리 위에 눈이 쏟아지네

눈을 꼭꼭 뭉쳐
두 손 가득 모으고 굴려
빙그레 웃는 눈사람을 만들었다.

고무신

지난 그 시절
암울하고 궁핍한 그때
아버지가 신으셨던 검정 고무신

호사스러운 물질 만능시대
시골 장터에서 사 온
아들의 하얀 고무신
결코 신으려 하지 않네

글로벌 시대에 물려받아
신기해하던 손자의 노란 고무신
아장아장 걸음마
함박웃음 지으며 좋아하네

명품 구두 비켜나가는 듯
행복에 찬 손자 모습
어떤 것도 부러울 게 없네!

미얀마의 미소

하늘 길 가로질러
내려오는 길목에 붓다의 세상이 열린다

순수가 넘쳐난 자비로움
백팔번뇌 사라진 광활한 지평선의 미얀마

기쁨과 행복 넘치고
다정한 눈길의 국민들
아름다운 역사와 파고다의 물결이
고스란히 살아 숨 쉬는 곳
황금의 거룩한 쉐다곤 파고다!

하늘빛은 청정하여 마음 맑아지고
푸른빛은 황금빛 피어
참회하는 향(香) 불의 향연 앞에

오가는 수많은 사람
거듭 인연 되어
청정무구(淸淨無垢)한 세계 꿈꾸는
파고다의 사랑을
뜨겁게 노래하며 행복해하네.

손자와 붕어빵

기온이 떨어진 가을 끝
신작로 한 모퉁이
붕어빵 좌판대가 분주하다

붕어 없는 붕어 모양의 밀가루 빵
팥앙금 가득 넣은 붕어빵
단맛 크림 가득 넣은 잉어빵
때론 국화 모양 국화빵

누구나 한 번쯤은
호주머니 열어 맛본
길거리 간식

할머니를 좋아해
줄지어 기다려 사 오는
귀염둥이 손자의 할머니 사랑

혹시 식을세라
가슴에 붕어빵을 품고
급히 달려와
정 깊은 금자둥이 손자

두 손에 받아 든 할머니
억만금을 주어도 못 바꿀 사랑
할머니와 손자는 행복에 젖어 있네.

사랑초

날마다 피어나는
베란다의 사랑초
매일 물 주며
사랑으로 보살핀다

아침 햇살이 내리면
하트 모양 잎 활짝 펴고
저녁 어둠이 오면
잎을 고이 접어 고개 숙인다

꽃은 쉼 없이 피고 지고
향기 솔솔 풍기는 앙증맞은 귀염둥이
연분홍 작은 꽃

바라볼 때마다
'사랑이 당신을 버리지 않는다'는
꽃말처럼

나도 사랑초를 버리지 않겠노라
아낌없이 물주며 사랑하고 있네
깊이 사랑하고 있네.

내 고향

내가 살던 고향은
덕유산 끝자락
굽이굽이 첩첩산중

사방은 산으로 둘러싸여
읍내에 들어서면
시원한 "한들" 들판이 여유롭다

비옥한 토양 있어 사과재배 으뜸이고
학문에 눈을 뜬 부모님의 깨우침
교육열 타 지역의 모범인 고장

인재 즐비하여
입시전쟁 최고 수준의 교육 특구!

건계정 맑은 물줄기
읍내로 흐르는 정겨운 고향의 냇가
고향 떠난 지 반세기

늘
그리워지는 고향의 흙냄새여!

부산 갈매기

은빛 물결 넘실대는
수평선 위로 뭉게구름 병풍 삼아
너울너울 날아오는 갈매기들

바닷가 모래톱에
가족이 모여 앉아
허기진 배 움켜잡고
아장아장 먹이 찾는다

한 움큼 새우깡 던지니
접힌 날갯짓으로 재롱을 떨며
비둘기도 덩달아 친구가 되어
모래밭에서 요동치며 경쟁한다

뱃고동 은은히 울리자
오륙도 유람선 따라 교태 부리고
줄기차게 비행하는 부산 갈매기

한바탕 물 위로 올라
인사하고 태양 빛 따라
다시 하늘로 날아간다.

자연과 삶의 교감으로 승화한 시 세계

– 김정자 시집『동백꽃이 필 무렵』

張 鉉 景
(시인, 문학평론가)

자연과 삶의 교감으로 승화한 시 세계
– 김정자 시집 『동백꽃이 필 무렵』

張 鉉 景
(시인, 문학평론가)

1. 글머리에

　시는 일상의 체험에서 인식된 발견이며 삶의 현장에서 시적 경험을 아름답게 그려 담는 그릇이다. 시인은 누구나 삶의 체험에 가볍게 알레고리나 아포리즘을 사용하여 독자들이 쉽게 흥미를 갖고 시 세계를 음미할 수 있도록, 사고력으로 존재와 보존의 본능을 갖는다. 누구나 '사람은 무엇으로 사는가, 어떻게 살 것인가?'라고 한 번쯤은 삶의 과정에서 시인이 되고 수필가, 소설가가 되어 아름다운 삶에의 꿈을 꾸게 되는 것이다.

　겨우내 다진 그리움으로 솟아오른 진한 생명의 혼을 봄눈으로 품어 녹이고, 그 위를 이른 봄바람이 스친다. 엄동설한 숨죽였던 생명이 하얀 그리움에 수줍은 듯 시린 가슴 달래며 얼굴 내민 샛노란 복수초를 바라보며 김정자(金政子) 시인의 시 세계를 그려 본다. 소강(韶綱) 시인은 학창 시절부터 틈틈이 글쓰기를 좋아하였을 뿐만 아니라 20대 젊은 시절에도 보이지 않게 문학이 불모지인 환경 속에서도 국문학을 전공함으로써 시 쓰기를 멈추지 않아 오늘날에도 그 흔적을 드러내고 있다.

　김정자 시인은 고희(古稀) 고갯길을 넘어 문단에 데뷔했다. 첫시집의 출간이 늦은 감이 없지 않지만, 시 등단에 이어 수필 신인상과 문학상을 수상하여 등단한 지 1년도 되지 않아 시집 『동백꽃이 필 무렵』을 출간하게 되었다. 김정자 시인의 시에서는 절망과 슬픔 그리고 비극과 같은 내용은 찾아보기가 어렵다. 그녀는 오랜 기간 문학 활동을 잊고 생활해 왔지만, 내면에는 문학에 관심을 두고 일상의 보편적 경험 속에서 주제가 명징하고 좋은 시를 쓸 수 있는 수련 과정을 거치고 있어 기대가 된다. 비범한 시적 세계를 그려내고 있는 소강 시인의 시 세계를 좀 더 깊이 음미해 보자.

2. 삶의 길과 성찰의 메시지

지루한 기다림이 가고
싱그러운 봄 햇살에

산수유 노랑꽃이
향기를 품어

슬그머니
먼저 간 얼굴이 떠올라
사는 일을 그려본다

가는 곳을 보아도
가는 곳은 보이지 않고
오는 곳을 찾아도
오는 곳이 보이지 않음에

인생은
흘러가는 것이 아니라
채워져 가는 것이라 했던가!

세월은 산수유 꽃비만큼
아득하게 쌓여만 간다.

--「그리움」全文

화자는 여기에서 누구라고 밝히고 싶지 않은 기억 속에서 품었던 감정이 있는 듯 없는 듯, 밝히고 싶지 않은 것이 아니라 누군지 모르는 아련히 추억 속에서 그려지는 존재로 형상화하고 있다. '가는 곳을 보아도/ 가는 곳은 보이지 않고/ 오는 곳을 찾아도/ 오는 곳이 보이지 않음에'를 보면, 사실 현대인들에게 있어서 내세와 같은 무거운 주제는 별로 관심이 없다고 할 수 있다.

화자는 추억의 대상을 아무리 찾아도 없는 3인칭으로 알쏭달쏭하게 하면서 아무나의 누구이면서 한 사람을 위한 누구로 귀착하고 있다. 지금도 그 누구를 좋아하거나 곁에 두고 싶어 하지만, 그럴 수 없어서 애타는 마음을 그리움으로 드러내고 있다. 세월이 흐를수록 그리움은 필연적으로 찾아온다고 그래서 쌓여만 간다고 말하고 있다. 인간은 누구나 작품 속에서 떠나야 할 존재이다. 그러기에 그리움은 무엇인가 준비를 해야 한다는 충격적인 메시지를 던져주면서 깨달음을 주고 있다.

자연에서 피어나는
클로버 잎사귀의
꽃을 아름 따다가

손가락 약지엔 꽃반지
팔목엔 꽃시계
머리엔 꽃 월계관 만들어
사랑을 듬뿍 주신 어머니

햇볕처럼 따스하던
아름다운 순수의 여인이여!

태곳적 어느 세월 속에
또 몇 겁을 지나야
그 임의 탯줄이 될까?

눈 녹듯 사르르
나 또한 남의 어머니 되어
춤추는 새들과
꽃들의 노래가 되고

땅속의 생명이
숨죽이고 있다가 용틀임하듯이

굽이굽이 이어진 채
깔끔한 꽃길만 걸어
포근히 안아주고 싶다.

　　　-- 「어머니」 全文

　이 한 편의 시 속에 시인은 자신을 낳아준 어머니의 인생과 숭고한 사랑을 자신과 함께 영혼이 이어지게 함축시켜 놓았다. 그리고 자연에서 피는 클로버의 꽃을 따서 꽃반지, 꽃시계, 꽃 월계관을 만들어 입혀서 이 시를 읽는 사람들에게 무언의 감동을 주는 고유한 목소리를 내고 있다. 또 세월이 '눈 녹듯 사르르' 지나 남들의 어머니가 되어 희생적 모습을 '춤추는 새들과/ 꽃들의 노래가 되고'로 묘사한 시적 표현이 참으로 절묘하고 아름답다.

　여기서 시인이 남기고 싶은 진리는 인생이 부와 명예가 많고 화려한들 '무슨 가치가 있는가!'라는 질문을 던지고 있다. 인생을 올바르고 아름답게 영위함으로써 인생의 종말, 그 허무를 예비하도록 깨우치게 하는 깊이 있는 작품이 아닐 수 없다. 소강 시인은 평소 '시를 어떻게 써야 하는가!'에 대해 시법으로 암묵적 메시지를 전달하고 있다. 때가 되면 윤회(輪廻)를 그리며 독자와 진리적 공감을 불러일으키길 기대하는 것이다.

은은한 커피 향은
스쳐 간 세월의 향기

달콤한 커피 향은
설레는 첫사랑 향기

쌉쌀한 커피 향은
아련한 추억의 향기

머그잔 가득히
세월을 낚는다.

　　　-- 「커피를 마시며」 全文

　은은하고 달콤하고 쌉쌀한 커피를 머그잔 가득히 채워 마시며 세월을 낚는다는 메시지는 그 의미가 매우 깊다. 한 잔의 커피 속에 내포하고 있는 진리를 이만큼 담아낼 수 있다는 것은 그리 간단치가 않다. 그러면 「커피를 마시며」에서 주목해야 할 점은 무엇인가. 바로 커피 한 잔이 갖는 다양성이다.

　커피 한 잔에는 '스쳐 간 세월의 향기'가 있고, '설레는 첫사랑 향기'도 있으며, '아련한 추억의 향기' 등도 있다. '머그잔 가득히 담긴 커피는 기본적으로 세월을 낚는다'는 시적인 묘사에서 독자들은 어떤 깨달음이 올 때까지 되풀이하여 마시게 될 것이다. 보편적인 주제로 독자들의 암묵적 동의를 유도해나가면서 시 세계를 펼쳐나가는 김정자 시 창작의 특징을 엿볼 수 있다. 커피 한 잔이 가져오는 시적 발상이 모두 좋다고는 말하기 어렵지만, 인생 항해가 어려울 때나 사랑의 갈등으로 목마를 때는 갈증 해소에 긍정적 효과를 체험할 수도 있을 것이다.

가만있어도
시를 쓰는 일이

사는 일이 되었다

밤새
시 쓰며 행복하던 순간
잠 못 들어 뒤척거렸는데

아침에
불쑥 해가 솟아

가만있어도
사는 일이
시 쓰는 일이 되었다.

-- 「나의 시」全文

'시(詩)는 곧 삶이다'라는 말이 있다. 이보다 더 센 말은 '가만있
어도/ 시를 쓰는 일이/ 사는 일이 되었다'이다. 이것보다 더 센 말
은 '가만있어도/ 사는 일이/ 시 쓰는 일이 되었다'이다. 즉 시는
삶에 있어서 선택의 대상이 아니라는 뜻이다. 참으로 절묘한 표
현이다. '밤새/ 시 쓰며 행복하던 순간/ 잠 못 들어 뒤척거렸는
데' 에서 시 쓰는 시인의 함축된 시적 묘사가 참으로 적절하고 의
미 있다. '아침에/ 불쑥 해가 솟아' 에서는 자연의 섭리와 진리를
이보다 더 잘 표현하기가 쉽지 않을 것이다.

마파람이 불고
겨우내 움츠린

동백이 그립다

저 멀리 남녘 외도에
옹기종기 서 있는
동백나무 군락

수평선 너머
달려오는
파도 소리에

청정한 바닷바람이
흔들어 버리고
못내 동백꽃은
붉은 울음을 토한다

백만 송이 동백꽃이
피어오르는 쪽빛 바닷가에
젊은이 솔솔 속삭이며
열리는 봄이여!

-- 「동백꽃이 필 무렵」全文

　겨울에도 즐길 수 있는 동백꽃을 그리는 시인의 그리움이 절절히 녹아 있다. 화자는 겨울 동백꽃에서 보고 느낀 감정을 주관적으로 잘 표현하여 애틋함을 더욱 절실히 느끼게 한다. 작품 형성 과정에서 시적 대상을 활유법으로 묘사한 것이 의미 전달의 효과를 높이고 있다.

혹독한 추위를 견디며 설한(雪寒)에 꽃을 피운 붉은 동백의 모습을 '마파람이 불고/ 겨우내 움츠린/ 동백이 그립다'로 묘사하고 있다. 또한 시인은 '백만 송이 동백꽃이/ 피어오르는 쪽빛 바닷가에/ 젊은이 솔솔 속삭이며/ 열리는 봄이여!'를 통해 젊은 남녀의 순진하고 애절한 사랑의 전설을 애상 어리게 그려내고 있다. 김정자 시인은 여러 작품에서 시적 대상에 자아를 투영하거나 또는 그 중심에는 정겨운 심상이 자리하고 있다. 이런 경우 시인의 의식이 어느 정도 드러나게 된다.

넝쿨 진 줄기 따라 활짝 핀 호박꽃
벌 나비 찾아와 크나큰 호박꽃 속에 앉아
샛노란 꽃술을 머금고 날아간다

부드러운 호박잎 따다가
밥 위에 쪄서
강된장에 쌈 싸 먹고
호박은 새우젓 넣어 새파랗게 볶는다

호박잎은 박박 문질러 푸른 물을 빼내고
감자 뚝뚝 삐져 넣고
멸치육수에 된장 풀어
맨 나중에 들깻가루 듬뿍 넣어 끓인
엄마의 맛, 호박잎 국.

-- 「호박잎」全文

화자는 호박꽃이 벌 나비와 만나는 첫 인연과 뜨거운 사랑을 서술하고 있다. 호박은 다산의 상징이며 각종 암의 위험을 줄이고 아울러 카로틴의 혈중 콜레스테롤을 낮춰서 다이어트에도 대단히 좋은 식품이라고 한다. 겨울철에는 호박을 많이 먹게 되면 중풍에 걸리지 않고 감기에도 걸리지 않으며 동상도 피할 수 있다고 한다.

호박꽃이 볼품이 없다는 것은 시인에게는 겸손의 의미로 들릴 뿐이다. 여기에서 화자는 호박잎을 빼놓을 수 없었을 것이다. 벌과 나비 특히 인간에게 화자가 추억하는 호박 사랑이 '엄마의 맛, 호박잎 국'으로 환치되어 있음을 짐작하게 한다. 시인은 소재 선택을 바꾼다. 보편적 시어로 호박꽃보다는 호박잎으로.

밤새 흰 눈이 펄펄 내려
눈이 온 세상을
하얗게 덮어버려
다니는 길이 없어졌네

뽀드득뽀드득
발도 자꾸 눈 속으로 빠져
발자국을 만들며 걸어간다

눈옷을 입은 나무를
막대기로 톡톡 치니
후드득
내 머리 위에 눈이 쏟아지네

눈을 꼭꼭 뭉쳐
두 손 가득 모으고 굴려
빙그레 웃는 눈사람을 만들었다.

-- 「첫눈 오는 날」 全文

'눈이 내리네'라는 어느 여(女) 가수의 노래를 어쿠스틱 기타 선율로 들어보면 저마다 첫눈이 생각난다. 그만큼 첫눈은 가을이 지나고 초겨울이 가져오는 연인에 대한 사랑을 추억 어리게 한다.

「첫눈 오는 날」에는 누구나 발자국을 만들어 가며 연인과 서로 만남과 이별에 대한 그리움에 사무치게 한다. 화자도 초겨울 첫눈의 분위기를 그려가며 그리움의 흔적을 남기고 있다. 눈옷 입은 나무를 툭툭 치니 '내 머리 위에 눈이 쏟아지네' 또 눈을 뭉쳐 모으고 굴려 '빙그레 웃는 눈사람을 만들었다.'고 했다.

초겨울에 첫눈 내리는 광경을 빌어 그녀의 그리움에 젖은 가슴을 발현(發現)하는 시다. 겨울철은 누구나 잿빛 하늘에서 어리는 우울한 감성을 가지기 마련이다. 이 시에서 '뽀드득뽀드득' 발걸음 소리, '눈사람' 등의 표현으로 겨울날의 외로움과 그리움의 서정이 잘 그려져 있다.

3. 맺음말

문학이란 불가해한 인간의 감성과 영혼이 얽혀 있는 정신세계라고 할 수 있다. 문학의 언어는 전달하는 언어가 아니고 환기하게 시키는 언어이기 때문이다. 그 가운데 시는 아름답고 신비로운 예

술의 원형이다. 그 호소력은 강렬한 여운으로 남아 읽는 이의 가슴에 녹아든다. 그래서 문학을 사랑하는 사람들은 아름다운 글 한 편에 행복해하고 공감하게 된다. 김정자의 시 한 편 한 편에서 보듯 일상의 일들을 겪고 난 후의 깨달음과 달관의 경지에 닿을 듯한 시적 태도가 진솔하게 드러난다. 그리고 소외된 듯 낮은 곳에도 눈길을 돌려 그들의 마음을 쓰다듬고 고독과 갈등을 아름다운 시어로 형상화한다. 시인의 이런 경험에서 우러나오는 시적 구성이 새로운 사유의 심미적 서정으로 이어져 독자에게 보는 시각을 넓혀주고 있다.

아리스토텔레스는 그의 시학에서 '시는 가장 위대한 인간의 영혼에 불을 지피는 영원한 생명의 빛'이라고 하였다. 즉 시는 시인의 목소리를 담아낼 때 개성의 한 단면은 시의 성공적 요소와 관성의 길을 걷게 된다. 소강 시인은 시어 선택, 수사법, 이미지의 암시성이 군더더기 없이 깔끔하다. 시인 자신의 깊은 사려에서 탄생한 시들은 시마다 정성이 깃들어 있고 소재(素材)와 주제(主題)에서 우러나오는 인생의 깊이를 함축해내는 솜씨가 놀랄만하다. 그녀는 가끔 깊은 산골짜기에 자리 잡고 있는 사찰을 찾아가 은은한 종소리를 듣고 부처의 가피력(加被力)에 힘입어 세상의 유혹을 극복할 수 있다는 메시지를 전한다. 불교적 휴머니즘에 왠지 그윽한 향기가 느껴진다.

김정자 시인은 연만(年滿)한 나이에도 왕성하게 가정과 사회에 나름의 역할을 하고 있다. 문학과 불경(佛經)을 통해서 마음의 양식을 얻고 넉넉한 가슴으로 세상을 아우르며 힘차게 계속 활동하기를 기대한다.

동백꽃이 필 무렵

초판인쇄 2019년 3월 10일 초판발행 2019년 3월 15일

지은이   김정자
펴낸이   장현경   펴낸곳   엘리트출판사
등록일   2013년 2월 22일 제2013-10호

서울특별시 광진구 긴고랑로15길 11 (중곡동)
전화 010-5338-7925
E-mail : wedgus@hanmail.net

정가 10,000원

ISBN 979-11-87573-14-2 03810